petit roman

Hans Christian Andersen
Adapté par Hélène Montardre

Illustrations de Vincent Boyer

LE BRIQUET

RAGEOT

Adaptation d'après la traduction
de D. Soldi, Hachette, 1856.

ISBN : 978-2-7002-3501-2
ISSN : 1965-8370

Une sorcière très très laide

Un soldat marche sur la route. Une, deux ! Une, deux ! Il porte un sac sur son dos et un sabre accroché à sa ceinture. Il revient de la guerre.

En chemin, il rencontre une sorcière. Elle est très vieille et très laide avec son grand menton crochu.

– Bonjour, soldat ! s'exclame-t-elle. Que ton sabre est beau ! Tu as vraiment l'air d'un soldat ! Si tu veux, je peux te donner autant d'argent que tu voudras.

– Merci à toi, vieille sorcière, dit le soldat.

La sorcière lui montre un arbre au bord de la route.

– Le tronc de cet arbre est entièrement creux, explique-t-elle. Monte au sommet et laisse-toi glisser à l'intérieur.

– Je veux bien, répond le soldat. Mais comment ferai-je pour remonter ?

– Pas de problème, dit la sorcière. Je vais attacher une corde autour de ta taille et quand tu appelleras, je te hisserai.

– Et une fois dans l'arbre, interroge le soldat, que devrai-je faire ?

La sorcière murmure :

– Au fond de l'arbre, tu trouveras un couloir éclairé par plus de cent lampes qui y brûlent en permanence. Trois portes donnent sur ce couloir. Si tu pousses la première, tu te trouveras face à un chien assis sur une boîte. Ce n'est pas un chien ordinaire : ses yeux sont grands comme des bols !

N'aie pas peur. Tu vas emporter mon tablier à carreaux bleus, tu l'étendras sur le sol et tu poseras le chien dessus. Puis tu ouvriras la boîte. Et dans la boîte…

La sorcière s'arrête un instant.

– Dans la boîte ? répète le soldat.

– Dans la boîte, reprend la sorcière, tu trouveras des pièces de cuivre. Des milliers de pièces de cuivre, et tu pourras en prendre autant que tu voudras !

– J'y vais ! J'y cours ! s'exclame le soldat.

Les trois portes

Le soldat se précipite et empoigne la première branche de l'arbre. Mais la sorcière le rappelle :

– Attends ! Je n'ai pas terminé. Il faut que je te parle de la deuxième porte.

Le soldat interrompt son geste.

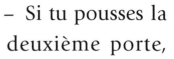

– Si tu pousses la deuxième porte, dit-elle, tu te trouveras face à un chien assis sur une caisse. C'est un chien extraordinaire : ses yeux sont grands comme la roue d'un moulin ! N'aie aucune crainte. Pose-le sur mon tablier, ouvre la caisse. Et dans la caisse…

– Dans la caisse ? souffle le soldat.

– Dans la caisse, continue la sorcière, tu trouveras des pièces d'argent. Des milliers de pièces d'argent, et tu pourras en prendre autant que tu voudras !

– J'y vais ! J'y cours ! J'y vole ! s'écrie le soldat.

Mais la sorcière le retient par la manche.

– Ne sois pas si pressé ! Tu ne sais rien encore de la troisième porte.

Le soldat s'arrête et la sorcière reprend :

– Si tu pousses la troisième porte, tu te trouveras face à un chien assis sur un coffre. C'est un chien fabuleux : ses yeux sont aussi grands que le donjon d'un château ! Ne t'en effraie pas. Pose-le sur mon tablier, ouvre le coffre. Et dans le coffre…

– Dans le coffre ? murmure le soldat.

– Dans le coffre, enchaîne la sorcière, tu trouveras des pièces d'or. Des milliers de pièces d'or, et tu pourras en prendre autant que tu voudras.

Cette fois-ci, le soldat ne se précipite pas. Il regarde la sorcière et demande :

– C'est bien joli tout ça ! Mais je suppose que tu veux ta part, toi aussi. Que devrai-je te donner ?

– Je ne veux pas un sou ! réplique la sorcière. Je veux juste que tu me rapportes le vieux briquet que ma grand-mère a oublié dans le couloir.

L'arbre au trésor

Le couloir est exactement comme l'a décrit la sorcière. Plus de cent lampes y brûlent et il est bien éclairé. Le soldat s'avance, pousse la première porte et s'arrête.

Un chien est assis sur une boîte et le fixe de deux yeux aussi grands que des bols.

Le soldat a beau se répéter qu'il ne doit pas avoir peur, sa voix frémit quand il dit :

– Tu es un joli chien. Très sage.

Il étend le tablier sur le sol, saisit délicatement l'animal, le pose sur le tablier, ouvre la boîte.

Celle-ci est pleine de pièces de cuivre. Le soldat plonge ses mains dedans et en ramène des poignées qu'il fourre dans ses poches, dans ses manches, dans son sac.

Puis il se dirige vers la deuxième porte, la pousse, se fige sur le seuil.

Un chien est assis sur une caisse et le fixe de deux yeux aussi grands que la roue d'un moulin.

Le soldat a beau se répéter qu'il n'a rien à craindre, sa voix tremble quand il dit :

– Tu es un beau chien. Très, très sage.

Il étend le tablier sur le sol, saisit l'animal avec précaution, le pose sur le tablier, ouvre la caisse.

Celle-ci est pleine de pièces d'argent. Le soldat jette toutes ses pièces de cuivre, plonge ses mains dans la caisse et en rapporte des  poignées qu'il fourre dans ses poches, dans ses manches, dans son sac et jusque sous sa casquette !

Enfin il se dirige vers la troisième porte...

Quand le soldat pousse la troisième porte, il a un mouvement de recul. Un chien est assis sur un coffre et le fixe de deux yeux aussi grands que le donjon d'un château.

Le soldat a beau se répéter qu'il ne doit pas s'en effrayer, il tremble.

– Tu es un chien merveilleux, chevrote-t-il. Très, très, très sage.

Il étend le tablier sur le sol, saisit l'animal prudemment, le pose sur le tablier, ouvre le coffre.

Celui-ci est plein
de pièces d'or qui
étincellent sous
la lumière, à
tel point qu'il
doit fermer
les yeux. Il les
rouvre vite, jette

toutes ses pièces d'argent, plonge ses
mains dans le coffre et en rapporte des
poignées qu'il fourre dans ses poches,
dans ses manches, dans son sac, sous sa
casquette et jusque dans ses bottes.

Puis il appelle :

– Sorcière ! Sorcière ! Tu peux me
remonter.

De l'extérieur, la voix de la sorcière demande :

– Et mon briquet ? Tu as pensé à mon briquet ?

– Ah non ! J'allais l'oublier ! Attends une minute…

Il regarde autour de lui et voit un vieux briquet abandonné dans un coin.

Le soldat se baisse, le ramasse, appelle à nouveau :

– Je l'ai ! Tu peux me hisser à présent !

Le soldat et ses pièces pèsent très lourd, mais la sorcière n'a aucune difficulté à les sortir de l'arbre.

Quand il se retrouve sur la route, le soldat interroge la sorcière :

– Que vas-tu faire de ce vieux briquet ?

La sorcière réplique sèchement :

– Ça ne te regarde pas ! Tu as ton or, donne-moi mon briquet.

– Pas question ! Dis-moi ce que tu vas en faire, sinon je tire mon sabre et je te coupe la tête !

– Non ! répond la sorcière.

Alors le soldat tire son sabre, le brandit et coupe la tête de la sorcière.

Un soldat très très riche

Le soldat glisse le briquet dans sa poche. Il déverse son or dans le tablier de la sorcière dont il noue les quatre coins. Puis il jette ce fardeau sur son dos et s'en va vers la ville.

Cette aventure lui a donné faim.

Il entre dans la meilleure auberge et commande :

– Un rôti ! Et du pain, de la soupe, du vin !

Il est un homme riche à présent. Pourquoi se priverait-il ?

Tout en mangeant, il interroge l'aubergiste :

– Qu'y a-t-il de beau à voir dans cette ville ?

– La cathédrale, l'église, le pont neuf…
énumère l'aubergiste. Nous habitons une
très belle ville ! Mais ce qu'elle renferme
de plus beau est invisible.

Cette remarque pique la curiosité du
soldat qui demande :

– Qu'est-ce que c'est ?

– La princesse. Le roi son père la tient
enfermée car on lui a prédit qu'elle
épouserait un simple soldat.

– Où la tient-il enfermée ?

– Dans son château bien entouré de murailles et de tours. Et personne, à part le roi, ne peut entrer chez elle.

Le soldat finit de manger d'un air rêveur. Il voudrait bien la voir, la jolie princesse ! Mais comment faire ?

Il décide de rester dans cette ville. Il s'achète de beaux habits, s'installe dans une grande chambre. Il se fait des amis, se promène en voiture et distribue de l'argent aux pauvres car il sait combien c'est dur de manquer de tout.

Le soldat dépense ainsi son or. Et un beau jour, il s'aperçoit qu'il ne lui reste que quelques pièces.

Il abandonne sa belle chambre pour une mansarde sous les toits et il perd ses nouveaux amis.

Une princesse très très jolie

Le temps passe. Le soldat est si pauvre à présent qu'il n'a même plus de quoi s'éclairer. Il se souvient alors du briquet qu'il a trouvé dans l'arbre. Au moment où il l'allume, la porte s'ouvre.

Un chien se trouve sur le seuil.

Un chien qui a des yeux aussi grands que des bols ! Un chien qui parle. Il dit :

– Bonjour, monseigneur ! Quels sont vos ordres ?

Le soldat est un peu surpris, mais il ne perd pas de temps. Il ordonne :

– Rapporte-moi de l'argent. Et rapidement !

L'animal disparaît et revient aussitôt. Il tient dans sa gueule un sac plein de pièces de cuivre.

Le soldat apprend vite à se servir du briquet. S'il le bat une fois, c'est le chien aux pièces de cuivre qui surgit. Deux fois, c'est le chien aux pièces d'argent. Trois fois, celui aux pièces d'or.

Et il ne se prive pas de l'utiliser ! Il retrouve ainsi sa belle chambre, ses beaux habits et ses bons amis.

Le soldat cependant ne peut oublier la princesse. Il voudrait bien savoir si elle est aussi belle qu'on le dit.

Un soir, il décide de tenter une expérience. Il bat le briquet, et le chien aux yeux comme des bols apparaît.

– Bonsoir, monseigneur ! Que désirez-vous ?

– Voir la princesse ! déclare le soldat.

Le chien disparaît pour revenir aussitôt. Une jeune fille endormie est allongée sur son dos. Elle est si belle que le soldat ne peut s'empêcher de lui donner un baiser.

Mais déjà le chien repart en emportant la princesse.

Poursuite dans la ville

Le lendemain, la princesse raconte au roi son père et à la reine sa mère un rêve curieux qu'elle a fait durant la nuit :

– J'étais allongée sur le dos d'un chien, il m'a emportée. Puis il y a eu un soldat. Il m'a embrassée…

Elle a un doux sourire sur les lèvres.

La reine, elle, ne sourit pas. Elle déclare, plutôt sèchement :

– C'est un joli rêve.

Et la nuit suivante, elle demande à sa dame de compagnie de veiller sa fille.

Le soldat, lui, n'a qu'une idée : revoir la princesse. Dès que la nuit est suffisamment avancée, il bat le briquet.

Le chien surgit.

– Bonsoir, monseigneur ! Que souhaitez-vous aujourd'hui ?

– Je veux que tu me ramènes la princesse, dit le soldat.

Quand la dame de compagnie voit le chien faire irruption dans la chambre et emporter la princesse endormie, elle n'hésite pas. Elle se lance à sa poursuite !

Le chien court vite.

La dame de compagnie aussi.

Le chien s'engouffre dans la maison où habite le soldat.

La dame de compagnie s'arrête. Avec une craie, elle trace une croix sur la porte.

« Ainsi, pense-t-elle, je la retrouverai facilement. »

Et elle rentre se coucher.

Un peu plus tard, en reconduisant la princesse, le chien remarque la croix. Il prend à son tour une craie et trace des croix sur toutes les portes de la ville.

Prisonnier !

Très tôt le jour suivant, la dame de compagnie entraîne le roi, la reine et une dizaine de gardes dans la ville. Elle leur explique ce qui s'est passé la nuit précédente et tous cherchent une porte marquée d'une croix blanche.

– C'est ici ! s'exclame soudain la reine en s'arrêtant devant une maison.

– C'est là ! s'écrie le roi devant une autre.

– Nous y sommes ! déclare l'un des gardes depuis une maison voisine.

Ils comprennent vite que leurs recherches sont inutiles et ils rentrent au château, tout penauds.

Mais la reine n'est pas décidée à abandonner. Avec ses ciseaux d'or, elle coupe un carré de soie et fabrique une pochette. Elle la remplit de graines, y perce un petit trou et, dès que la princesse est endormie, l'attache sur son dos.

Dans la nuit, le chien revient et emporte la princesse. Il ne s'aperçoit pas que les graines s'échappent...

Une à une, les graines tombent par le petit trou, dessinant un chemin qui conduit à la maison du soldat.

Au matin, on frappe à sa porte. En un rien de temps, il est arrêté, enfermé dans un cachot et on lui annonce :

– Soldat, tu seras pendu ! Et pas plus tard que demain !

Le soldat ne sait que faire. Impossible de s'échapper, les murs de sa prison sont trop épais. Impossible d'appeler les chiens au secours, il a laissé le briquet dans sa chambre !

La nuit s'écoule lentement.

Les trois chiens

Le jour se lève et le soldat agrippe les barreaux de sa fenêtre, tendu vers cette lumière que bientôt il ne verra plus.

Il observe les gens qui se précipitent à la grand-place pour le voir pendre.

Un jeune garçon court si vite qu'il en perd une galoche juste sous la fenêtre du soldat qui s'écrie :

– Attends, petit ! Attends ! Tu sais, ils ne vont pas commencer sans moi !

Le gamin s'arrête, fait demi-tour.

– Me rendrais-tu service ? interroge le soldat.

– Peut-être, réplique le garçon.

– Je te donnerai quatre sous, insiste le soldat.

– Alors, c'est oui ! s'exclame le garçon.

– C'est bien ! File dans ma chambre et rapporte-moi mon briquet. Vite !

Le garçon détale aussitôt.

En un rien de temps, le voilà de retour. Il a ses quatre sous et le soldat son briquet.

Sur la grand-place, il y a foule. Le roi et la reine sont installés dans de beaux fauteuils, sur une estrade entourée de gardes.

Le soldat grimpe sur la potence. On lui passe la corde autour du cou.

C'est le moment qu'il choisit pour demander :

– Attendez ! Juste un instant ! Avant de mourir, j'ai un souhait à formuler. Je voudrais fumer une dernière pipe.

Le roi et la reine se regardent. Ils ne peuvent refuser cette grâce au condamné !

– D'accord, marmonne le roi.

Le soldat saisit son briquet, le bat une fois, deux fois, trois fois. Trois chiens surgissent aussitôt à ses pieds. L'un a les yeux aussi grands que des bols, l'autre aussi grands que la roue d'un moulin. Le troisième est effrayant. Ses yeux sont aussi grands que le donjon d'un château !

– Bonjour, monseigneur ! clament-ils en chœur. Que voulez-vous ?

– Aidez-moi ! crie le soldat. On va me pendre !

Les chiens se précipitent sur les gardes et les lancent si haut qu'ils ne retombent pas. Ils font de même avec le roi et la reine. Alors le peuple déclare :

– Soldat, tu seras notre roi !

Un carrosse s'avance. Le soldat s'y installe. Les chiens prennent la tête du cortège qui se dirige vers le château. Déjà les portes de celui-ci s'ouvrent. La princesse les franchit en courant et se jette dans les bras du soldat.

Durant huit jours, les habitants de la ville fêtèrent les noces du soldat et de la princesse. Installés aux places d'honneur, les chiens ouvrirent des yeux plus grands que jamais… surtout quand le défilé des plats commença !

Quant au soldat et à la princesse, ils vécurent heureux très, très, très longtemps.

L'auteur

Hans Christian Andersen a vécu au Danemark au dix-neuvième siècle. Il a beaucoup voyagé et écrit de nombreux contes qu'il a entendus ou inventés.

Petite, Hélène Montardre adorait les contes. Une fois grande, elle est devenue écrivain. Elle habite près de Toulouse et a publié plus de cinquante romans, albums et documentaires. Elle a décidé de partager son amour des contes en les adaptant à son tour.

petit roman

LE COURAGEUX PETIT TAILLEUR
Les Frères Grimm

L'ARBRE À CHATOUILLES
Roland Fuentès

LE TONNEAU VOLANT
Roland Fuentès

LE FIL DE NUAGE
Cécile Geiger

Retrouvez la collection

petit roman

SUR **WWW.RAGEOT.FR**

Achevé d'imprimer en France en août 2009
par l'imprimerie Clerc.
Dépôt légal : septembre 2009
N° d'édition : 5031 – 01